詩集

花まんだら

佐伯多美子

砂子屋書房

＊目次

*

装画・安田ゆき『花まんだら』
装本・倉本　修

詩集　花まんだら

雨がしとしと降っています
縁側でねこがあくびをします
すこしたって
主（あるじ）があくびをします
そんな四コマ漫画を見て
わたしもふぁぁぁとあくびをします
夕暮れとき

おっ越し山

おっ越し山の夏は
せみの合唱隊がやってくる
ミーミージージースーギッチョンン
オーシンツクツク　カナカナ　ミーンン
大きな木が　うっそうと

空が　みえない

ミーミージージー

みえない　空を　つんざく
暑く

ジー

みちばたに　いっぴき
ひっくりかえって

シーーンン

短い夏

いつつのおじいちゃん

おみゃあいくつになっただ
――いつつ
おみゃあ　歯がないな
じいちゃんと　おんなじだ　ハハハ

それから
おじいちゃんのことを

いつつのおじいちゃん　と
よんでいました

いつつのおじいちゃんは
かみさまに　おつかえする
おしごとをしていました

ひとには　八つの埃があるそうです
ほしい　おしい　かわいい　にくい
うらみ　はらだち　よく　こうまん
よくわからないけれど
あたし

ほこりまみれになるような　きがして
そっと　おじいちゃんの目を　みると
いつつのおじいちゃんは
にこにこわらっていました

秋空

自転車で走って
めがねに
ピッ　と
何かがかかった
自転車止めてめがねはずして　見ると
小さな赤い実つぶれて

ふっと空　見上げると
電線に　すずめ
十数羽　数十羽　また数羽
いっぱいすずめ　どこまでもすずめ

ぶあいそねこちゃん

のらねこ　ねこちゃん
三角目
ぶあいそ　ねこちゃん
なぜたいのだけれど　さわらせない
けいかいしんが　つよくて
エサも
フワオオー　うなってから　かぶりつく

おくびょうなんだね

一日　こないと　さびしいよ
三日　こないと　しんぱいになる
一週間　こないと
交通事故にあったのかと思う

一か月と十日ぶりに　もどってきて
びっくりして　うれしくて

今日もフワオオー
まぐろのアラに　かぶりついている

旅はたのしかったのかい

白いゆめ

口の中でモゴモゴと何か喋っている
声にならないが何か語っている
——さっきまで音のない場にいたの
ついさっきまで
だからこわいの　声にするのが　こわれてしまいそうで
なにかが

五月の空気が強まっている
風も強い　が
音はない
目糞をつけた猫が振り向いて目が合ったがあわてて走って逃げていった
さっきから　輪ゴムを指に絡めてピストルの型をとり自分の頭に突き付けている
こうしてこのポーズをとっていると不思議と落ち着くの
夢に描いた風景で
自画像
音のない世界ってどんな世界だろう
ピストルの引き金を引いても音もなく裡から崩れていく
壊れていく

鏡の前に座って自分の顔を映し出す
鏡の向こうの額に向かって輪ゴムのピストルを発射する何発も
すると　鏡には見えるか見えないかの幽かな罅が認められる
鏡の向こうの額からもうっすら白い血が滲んでいる

宇宙が無音として
宇宙って聾唖者の世界に似てはいないのか
ぽっかり空いた白い穴の闇
知りえない世界
不謹慎かも知れないけれどたまらなく嫉妬のようなものが頭を掠める
誰か教えて

無知は知らず知らず罪を犯す

罪を裁くのは誰？
音のない世界で裁かれるのは誰？

自分を知るものは自分しかいない
自分を裁くものも自分しかいない

ああ　神がいるなら……

歪んでいく
視線が

音の波長は白い空に吸い込まれて消えていく
歪んだ白い視線だけが幽かな弱い光を放っている

白い視線　消える空　死の声

白い世界
で　生きる
30㎡の世界
それですべて

ねぇ　死の世界って白い世界？
なにも見えない
聴こえない　怖くない？

怖いなんて意識もない無い

時々憧れるの
少女が夢みるように
白いゆめ

聖✝が鬼——聖クルス餓き

坊や　おやすみなさい
壊れていく
限りなく　坊やおやすみなさい
こいつ至上のあいを求めているかみのあいほとけのあい
ひとのあいには限りがある　ので

たいがいは手に負えず知らずしらずすこしずつ距離をおいていく
ただ見守っている
（何人にもきょりかんがひつようです）

こいつと一緒になって傷つき疲れ果て溺れてしまっては
互いに救われない

あいの狭間ではげしく揺れ

無償のあい
マザーのあい　主のあい

亡霊になっていく　坊や（こいつ）だけが気づかない

仏前の三方にそなえられた供物を盗む
盗んで
喰らう

うまくやったと　舌づつみをうち

盗んだのは供物の果実
でも　ほんとうに盗もうとしたのは
ご本尊？
おそれおののき

坊やだけが気づかない　のではなくて
それは盗むことができないのを
背後にいる何者かが知っていたから

執拗にしつように盗めないものを盗もうとしている貪欲に
貪欲にある時はうつろに血走ってあるいは口もとに笑みさえたたえて
ああ　子守唄が聞こえてきて

あとに
乳白色のやみがぼうようとして

ご本尊　の　御前で

坊や
半身が死んで
半身が廃人に　なり

廃人はもう二年も同じ服装をしている
空き缶に穴をあけ紐でつなぎカラカラ引きずって行く
あれは　死んだ半身を呼び戻すサイン

仏の足もとには大勢の亡者がうごめいて

（坊やを見つけ出さなければ）
坊やはえいえんの放浪者　彷徨しつづける

坊やはかみには会えない　ほとけには会えない
求めつづけて

オレの人生悔いなし
だけどオレだって一日でもながく生きたいよ

うつむきかげんに目をつむったまま言う
はっきりとした口調であった

供物を盗んで
という
綱渡りを落下して

死んだ半身は呼び戻せない
廃人も共に　死す

おやすみなさい　　坊や
餓鬼

し・ん・ぱ・い

ねこすけちゃんは
五つになるのに
いまだに
二本足で立っちも　あんよも　できません
四つ足で　ハイハイしています

しんぱいです

おしゃべりがおしゃべりが

坊や眠りにはいってからずいぶんながいね。もう一〇〇〇時間になるのだよ。ながいながい眠りだね。いくら話かけても口もとに笑みをたたえて黙っているだけで。話すことはいっぱいあるのに、いつものように大きな声で返事がないと張り合いがないよ。というか、口凝って言葉を失ってしまいそうなのだ。これからもっともっとながい時間を沈黙のなかで過ごさなけりゃならないのだね。あんなにおしゃべりが好きだったのに。

坊やのおしゃべりは誰があしたこうしたそうしたらあいつがこう言った。それでおれがこうやったのだ。そしたらとなりのシローさんがこのトウモロコシあまいな。なんてこと言い始めて、スイカに塩をふりかけるとなおあまい。いいや、やっぱり砂糖蜜をかけるのだ。とか。

そんなようすをいきおいよくしゃべりだす。大きな声でよどみなく流れるように。そして、ふしぎなことに、いつも爆笑で終えるのだった。なにがそんなにおかしかったのか思い出せない。ただ笑った。目に涙さへためて。腹を捩って笑い転げた。

そんなおしゃべりは底抜けに明るい。無邪気な明るさに素直に笑えたのかしれない。でもほとんどのことは聞き流して覚えていない。ただよく笑った。愉快であった。楽しかった。坊やは眠りながら笑みをたたえている。きっと眠りの中でおしゃべりのつづきを息もつかずしゃべりつづけているのかもしれない。おしゃべりはとまらない。

畑でトウモロコシを分けてもらって自転車でシローさんととうもろこしを前と後ろの荷台に乗せて凸凹の畦道を走っていたのよ。つまずいて自転車ごとひっくりかえってしまって、思わず「トウモロコシ大丈夫か」って言ったのよ。シローさんおこってよォ。「オレよりトウモロコシの方が大事か」

坊やは、病室でも常におしゃべりの相手を求めている。テレビをつける。チラチラと視線を送るが見ているようすはない。気配を感じているだけだ。人の気配を。気配にしゃべりかけている。テレビも一方的だが坊やも一方的だ。「テレビがないと寂しくってよォ」八時間千円のテレビカードを二四時間寝ている間も差し込んでいる。接点のないおしゃべりは終わりがない。枕元のモニターが心肺停止を表示しても。そして死。口もとに笑みをたたえたまま。

となりのおじさん

おじさん家（ち）の猫のミーちゃんは狩りをする
昨日もネズミをとってきた
それが　かわいい子ネズミなのよ　それで
ミーに気づかれないように逃がしてやった

ミーに縁側でフードをやるとすぐアリがくる
「アリもお腹がすいているんだなあ」

それでフードをパラパラまいてやると
たちまち黒だかりになってね

近頃はコワーイありもいるらしいがな
おじさんはちょっと淋しそうに笑っている

猫とおじさん

となりのおじさんはノラ猫を見つけると
「ほれ　いっぱい食べろ」と
ポケットからフードを取り出してやる
おじさんが歩くと
どこからともなくあちこちで
「みにゃぁ」と足もとにあらわれる
「フード代が大変なんだがな」とぼやきながら

自分はたいがいご飯と味噌汁だけ

宝くじが当たったらな
広い庭のある家を買うんだ　猫やしき
島がいいかな　猫が島
衛生と生態系には気をつけてな
苦情もこんだろうしな

おじさんは遠くを見るようにしてちょっと笑う

ねこすけちゃん

ねこすけちゃんが　こたつにはいってくると
つめたい　いちじんの風がおこる

外は
はだをさす　つめたい　風
風を　そのまま　はこんでくる

こたつにはいると
毛のいっぽんいっぽんを　ゆるめ
からだを　ゆるめ
風を　はきだし

ねこすけちゃんは　さむがりだけど
でも
風の子

げんきな　黒毛とらねこ

今夜虚言人に会いに行く　あるいは

を、だらだらならべたてている
に、あふれている
に、おぼれながら

うそは　ない
と言い虚言を吐く

うそは　つけない
と言いながら虚言を紡ぐ

みちている
虚言で人の容をとる

つかさどる人の容はつかみどころがない
あるいは
あるいは
という

という人の容を日常にさらす

うすれていく境界

もうそう　ではなく

に、ちかづくために
真意をかたろうとすれば
ふい、に　虚言が衝いてでる

の、ことばだけでかたろうとすればかならず隙間ができ、が、まじる
の、ことばでかたろうとすればより、に、近づこうとして
ふれ　て
虚言こそ、そのものになろうとする

と　虚言のじつざい

虚言による、えんざい

は　よくありうる
信じるとか信じられないとか以前にやがて
の　ヒトガタ

虚言人

虚言人がふわふわと日常をとおりすぎていく
あしおともたてず
行くあてもしれず
途中二三人寄り合っては立ち話をしている
（たまたまなのだが）ちらちら視線を虚言人にむけ
それが、遠いだれかのまなざし、に、似て

やわらかい、てのひら、に、似て

そして　あたまから消えていく
一毛一毛の神経から
眼へ

もともとなにも見ない
盲目の
眼から饒舌な口へ

蠢く舌
だらだらだらだらくりかえされる饒舌

消えていく容

ぼんやりとしか見えない
知らないまちへ
ぼんやりと
たぶん　知らない人に

まちにもぐり
影にまぎれ

今夜　虚言人に会いにいく
あるいは

夜

ふかい　やみ　に
白い　月　が　うかぶ
アパートの自室でペタリすわりこんで
網戸ごしに　見る
あっ　月に　網がかかり

月　に　格子の　網目かかり
囚われの　月

三日月

悲しいね
哀しいね

かなしいときは
上を向いて歩くんだよ

ほらごらん

夜空に
三日月が目をほそめて
わらっているよ

アイドル

ねこすけちゃんは
へびねこ荘のアイドル
「ミーや」「くろちゃん」
なーんて
よばれちゃって
ミルクやカツオのたたきやケーキをもらって
しあわせにゃぁ～
（影のこえ　家デヤル　フードモタベテクレ！）

人の名を呼ばなければ
その先を歩けない

吉田文憲

愛しき餓鬼よ
いつまでも君と地の底を生きていたかったよ

美(うる)わしの日々*

白い大きな布を両手で掲げ頭からかぶり長く尾をひき
両岸をコンクリートで固められた川に沿って風のように走っていく
あれは何の使いか

若い女のように見えたが布で隠された顔には深い皺が刻まれていた
目は窪み頬骨が突き出て唇は渇き顔色が褐色にくすんだ婆であった

むかしむかし　婆はしあわせな日々を送っていました

川に沿って桜が満開だった
川面には花筏が流れもせず浮かんでいた
たまに鯉が悠々と泳ぐ姿を見せた

またひとりになった
頭のてっぺんから背筋にひとすじ冷たいしずくが走る
婆は自分しか見えない不具であった
ああ　そして口元の端で自嘲した
そして暗闇でにっこり笑う

春の陽がやさしく
花びらがひとひら唇にはりつく

そのとき　人のものとも獣のものともいえないうめき声が耳元で聴こえる

川沿いは花見の客で賑わっている
婆は走るのを止め白い布をずらして顔を上げる
満開の桜にうっとり息をのむ

一ちゃんはどうしているだろうか
一ちゃんの住む公園のある東の方角をみる
寝袋ひとつ持って終日過ごしているが
桜の季節には暗黙のルールのように花見客に明け渡し
公園の外れのベンチに移動する

満開の桜を遠くに見ながら花見をしたことがあったなあ

婆の相棒の八ちゃんと　八ちゃんの友達の一ちゃんと
弁当を持って　缶チューハイを持って　ビニールシートを持って
日差しが眩しかった

八ちゃんは喋り続ける
「交番の前で十万拾った男がいたんだってよう　落し主が現れなかったんだってよう」

「おれがもし拾ったらな、まず駅前の大海鮨で大トロを食う。美味いぞう」

「それからな、何十年振りかで田舎に帰って悪ガキ時代の仲間に会うんだ」

「美味い酒をたらふく飲む」

「それから……」

目の前のいちごを見とめると
「一粒三千円するいちごがあるんだってよう」

「甘いんだってよう」

一ちゃんはひとまえで箸をつけることをしない
なぜかはよく知らないが
食べるという習慣を他人に見られたくないらしい
食べることが日常になっていなかった

「このいちご一パック二百九十八円　税込み三百二十一円」婆が呟く
数秒の間があったが「それでいいんだよ」と続いた
一ちゃんは何も喋らない

そのとき　また人のものとも獣のものともいえないうめき声が耳の奥でする

遠くの桜は霞のようにたなびいている
人々のざわめきがここまで届いてくる
空が青かった

婆は白い布をかぶりなおし裾を長く引きずりゆっくり歩き出す
老いてもう走れない

うめき声が耳の奥へ染みこんでいく

ねぇ　一ちゃん
八ちゃんが最期まで会いたがっていたのよ
八ちゃんはあっけなく死んだのだけど
あんまりあっけなくて悲しいとか思う間もなく
涙も一滴もでなかった
病床で
――一ちゃんに会いに行ってこようかな――
って　ぽつりと言ったの

その時　哀しかった　今でも胸がしめつけられるように哀しい

一ちゃんに会うには東のその公園まで行かなければならない
広大な公園のどこにいるのかも分らない
八ちゃんの今の体では無理

その時　八ちゃんは体からすうーっと抜け出る
自転車に乗って広大な公園を疾走する
桜の山はもう五周した　屋根のあるたまり場も行った
公園の外れはもちろん行く

婆は動けない
足が一歩も動かない
体が硬直したように動かない

桜が時折はらはらと散る。花筏がすこしずつ形を変えながら緩やかに流れる

一ちゃんは見つけられなかった

うめき声が耳の奥でよせてはかえし

むかしむかし

＊サミュエル・ベケット戯曲「美（うる）わしの日々（しあわせな日々）」のタイトルから。
ベケット戯曲の英語題名は乾杯の音頭の決まり文句に由来。フランス語題名はヴェルレーヌ
の詩「感傷的会話」の一説（ああ、えも言われぬしあわせのうるわしの日々よ……）から

あのね

あのね
きょう　ひとつ　いいことあった
きもち　やわらかかったし
あたま　パンクしなかったし
ねこが　フードいっぱい食べたし
目が　ふっと通じあえたし

あじさいの大きな花が涼しげにゆれていたし
テレビドラマ見ていて　ぽろっとなみだこぼれたし

ゴミ出しもできたし
ねこと「り」の字になってひるねもしたし

玉子なしのチャーハンもおいしかったし
きな粉ミルクも

こころの中だけだけど「ごめんね」っていえたし

ひとつ
なのに　よくばりだね

いつまでもいつまでもおどりつづける地

マイケル[*]は　えいえんに五十一歳にならない。
コトバが　そのままでえいえんでありえない確率に等しい。
（「言葉は肉体から出ている」と演劇人が呼吸するように言う
（肉体が　（言葉を超えると？
（そのとき　（コトバは？

老いない伝説は
過去の伝説になるか未来の伝説になるか
（すくなくとも　現在は存在しない　という

（現在が不在という
（喪失感
（この空洞は

（生きつづけるかぎり
（現在でありつづけるかぎり

（狂気を孕み凶器がしのびこみ潜み抱き行き場を失くし
老いは足元の裾のすきまからしのびこみはいあがって背すじへ

袖口のすきまからしのびこみひややかに首すじへ

（凶器を
（首すじにぴたりとあて

狂気のダンス狂喜する（し　）。
ムーンウォーク

視氏刺市志誌師次紙士史思指詞雌示子肢資歯至私梓仕嗣孜覗糸脂嗜摯賜
支使姿屍伺自施斯飼試茨四柿紫祇弛匙仔祀旨司始姉矢指此枝諮滓恣止翅

狂気の死
狂喜の詩

一分の狂いもなく
おどりきる。
生ききる。

生ききる姿の
影は　たましいが病み弱く声をくぐもらせ
黄泉におどる

いつまでもいつまでもおどりつづける地

ふしぎの
遠い　　　　　（地

そして

（声をたてずに笑う

＊マイケル・ジャクソン（1958・8・29生〜2009・6・25死去）

ふしぎ

ひとりと　いっぴきのアパートくらし
「きょうは　あつかったね」
声をかけると
にゃぁ　と　ごろんとひっくりかえる
「こおり入り　水　のむ?」
にゃご　と　ねがえりをうってのどをごろごろならす

「それからね
　街から手描きの絵はがきが届いたんだよ」
ごろにゃぁ　と　しっぽをパタンパタンふる

はなしがみんなできるのに
ねこすけちゃんは
いつまでたっても毛むくじゃらの　ねこのかお

ときどき　とても
ふしぎ

夜と　ねこすけちゃん

ねこすけちゃんが
網戸ごしに外を見ている
うしろすがたが　うごかない
夜。

りんりん　ぎんぎん
虫がないている

ときどき　ながい　しっぽがピクッとうねる

夜は
ふかく
ねむりに入る

ねこすけちゃんも
影絵のように
夜のやみに　はりついていく

いっしゅん
しんと　虫もなき止んだ

ことだま

木が一本立っている。何の木か知らない。
ひょろひょろした痩せた木だが台風9号にも耐えた
夏は葉が繁っていたようだが今は散って裸木だ

細く長い影をおとして

影が人の影と重なって

あの影は　霊
影をまとい木の下をしずしずと行く
両手を翼のように広げてしなやかに動かして
霊は覆うようにして木も人影も溶けあっていく

溶けていく影が
木も人も何も語らない
「こんにちわ」の挨拶さえできないでいる
まして、こころの奥深く眠っている感謝のひとことが言えない。
口ごもり声を口の中でもごもごさせている

伝えられない言葉でこころは閉ざしていく
同時にお喋りが饒舌になる　うわべばかりがうわすべりして

うわすべりすればするほどこころは鬱そうとなって

言霊はこころの内側で沈黙し
かすかに木霊が聞こえてくる
木はしずかに細く長い影をおとしている

遠くで木霊がほそい声でうたっている
ちいさくちいさくちいさくなって
♪あ・り・が・と・う・し・あ・わ・せ・な・ら・う・た・お・う・

夏

あついね
水玉の日傘をさして
あるいて　いくね
あいすくりーむなんかなめながら

蟬みたいなちいさなりゅっくさっくをしょって
いくね

りゅっくさっくには
ハンカチとゴーヤの苗がはいっているんだ
ゴーヤは栄養ありそうだし
日よけにもなるからね

そして、日傘をくるくるまわして
水玉をふきとばして
水滴を降らせるんだ

すこし涼しくなるね
寒くなるほど降ってくるね

十日まえ

相棒がにゅういんしたね
けんさけんさで気がはりつめて　だけど
つかれたね

よめい　つげられたけど
きせき　おきるんだ

ゴーヤかじって
ちょっと苦いけど　うまいね

たにんぎょうぎ

ねこすけちゃんは
うちにきて　もう　五年になるのに
いまだに　ねこをかぶっています
たにんぎょうぎ　みたいで
気になります

いつのまに

黒いとら毛の　ねこすけちゃん
このごろひとまわり小さくなって
と思っていたら

ふと
気づくと　お口のまわりが白髪でまっ白

いつまでたっても
こどもだと思っていたのに
いつのまに
わたしの歳に
おいついて　いたのかな

すこしずつすこしずつ何かが

坊や　死んじゃったの　いつ死んだの
覚えてないの
三年前かもしれないし三日前かもしれない今朝かもしれない
自分の命日くらい覚えていてよ
いや　なんとなく死ぬのかな　なんて思って
ぼんやりタバコ吸っていたら気がついたら死んでいたのよ
病室でタバコ吸ったの？　末期がんで余命告げられていたのに

オレだって一日でも長く生きたいよ　って言ってたじゃない

亡霊とつきあっていた　気がする
霊を愛していた　気がする
もともと霊を見ていた　気がする
ここに在るあるがままの奔放な坊やを愛するのはこわかった？

坊やは苛立っていた
この婆　目の前のオレなんか見ていない
オレを見ろ
瀕死のオレがここにいる
今　ここに横たわっている
苦痛にもがいている
助けを求めている

手を握ってくれ
強く　握りしめてくれ
言葉をかけてくれ

オレはもう言葉を発することもできない
オレができたことは
目をとじたまま
一滴　ひとすじの涙をながしたことだけだ

婆は
手を握らなかった
手を握るという思いに至らなかった
死　ばかりを見つめていた
瀕死の坊やが

生　死　の瀬戸際にいることはわかっていた
わかっていて
死ばかりを見つめていた
それを打ち消そうとはしなかった

生　は　ぼんやりとしか見えなかった

今　まだ
生　の　際にいることが
ぼんやりとしか見えなかった

＊

そんな
婆が

ゆるしを乞いにやってまいりました
坊や　は　口もとに笑みさえたたえて
しずかに受け入れている

わかっているさ　声のない声がする
病室がしずまりかえっている
空気が凍りついたように透けて向こう側が見える

うつくしい愛をもらったの
命の際で
耀き
両掌ですくった一滴のしずく
とうめいな霊
ありがとう

明日もあさって　も　生きていけるかもしれない

純白
の　君を
浄化していく君を
青く歌おう

そして　婆も
すこしずつすこしずつ遡って
萎れてしまった感性をもう一度呼び覚まし
君のもとへ
帰っていこう

ね

むかし　おぼこ
いつのころか
化け　たぬき
といって　じつは
フッーの　ばあさん

（おぼこ＋たぬき＋フッーのばあさん）÷3

＝？

？（ハテナ）の人

……ね

やっかいだ……ね

ね

目玉

今真面目で誠実で勤勉なあなたの元に向かう途中です。用事がある訳でなく約束をした訳でもなく。いざ向かってみると住所もよく知らないで。お顔とか名前さえ。ただ職業は鮮明です。保健所の老人元気会ウォーキング健康促進員でしたよね。ではなくて空白部屋の清掃美化員でしたっけ。ではなくて某砦の管理人でしたか。ではなくてえーと。好物はたい焼き。尻尾から食べアタマは目が合ってどうもとか言いながらパクッ。目玉のない目。土産は目玉のあるたい焼きで。あなたは清潔に拘るようですが、土産のたい焼きはどんより泥色毒色の目玉。辿り着くかどうか分かりません。途中で食べてしまうかも。ご心配恐縮です。干し魚の目のようになりましたが異状はなく。それでいつの間にかあなたの家を通り過ぎていたのですね。引き返すのもあれですし、背負ってきた檻の中で仮眠します。

（し）。

（し。（し。（し。（（し。（し。し。
（し（（思。し。し。し。し。し。
（し）。（し。（（し。（（し。（し。し。
（（）。（））。（）。（し。（し。（）。
（）。（）。（）。（（）。（）。（し））。
（）。（）。（））。（し。（し。（し。
（し）。（し））。（し（し））。））。（し）。

（）。（し。（）。（し。（視　。（）。））。
（）。（）。（し　。（し　。し　。し。し。
（　。（）。（（））。（（）。（屍）。（（し。
（）。（）。（（））。（）。（）。（（硯）。
（）。（）。（）。（（し）。（（姿）。（（滓））。
（し）。（し）。（（し）。（し　。（（し　。（死）。
（し　。（し　）。（（しょう）。笑。

氷点

ことばを拾いに部屋をでる
近くに流れる川沿いの桜並木を行く
冬の桜並木はひっそりと冷たい木肌を晒している
人の気配もほとんどない　たまに犬の散歩をする人とすれちがうくらいだ
吸い殻一つ落ちてない

あんなに饒舌だった彼の人はいない

抜けて脱けて　座り込んでいる
動かない　固まっていく手も足も
指もつってしまって指先が曲がったまま感覚がない

ことばが凍る
ことばの一点しか見えていない
その一点は標的から少しずれていた
少しずれた一点からまた少しずれてつららが貫こうとしたが
弱々しく視界から消えた

拾えないことば
こぼれてもこない
やがて春がきて溶けていくのを座り込んだままじっと待とうか

長い冬　春を通り越していきなり夏が来るのだろうか
凍っている世界に　猛暑の夏は想像できないが
おろおろと歩いているのだろうか
いや　それは

夏が熱く凍る
感覚がなくなった指先は曲がったまま
ことばも凍ったまま　灼熱の太陽に張り付いている
ぢりぢりとことばが灼けて

黒い雫がひとすじ流れるままに目を伏せている
別れの涙のように
太陽が欠けていくように

さらに欠けた太陽に灼かれ
黒い灰が体の中に降ってくる

黒い灰をかき集めるとその幽かな重みに軽く頷き
それから

凍土に埋める

それから焦点の合わない目が思わず笑いだす
はははハハ　ほとんど意味もなく笑いこけている

余白

円を描く
そのうちがわに沿ってまた円を描く
そのうちがわにまた
うちがわに
何層にも円がかさなり
やがて
円の中心で

白い点　のような
余白
が　寡黙にあった

あとがき

この詩集を　餓鬼　中尾八郎さんに捧げます。三十年以上の付き合いだったね。つかず離れず。君は美しかった。

詩人　吉田文憲様。ありがとうございました。いくらありがとうを言っても言い尽くせません。心から感謝申し上げます。

画家　安田ゆきさま。画もタイトルもいただいてしまいましたね。ありがとうございました。いつまでもご自分の世界を生きて行ってくださいね。お互いに。

砂子屋書房の田村雅之様　お手煩いをいっぱいおかけしてしまい申し訳なく思っています。でも、安心して委ねていました。本当にお世話になりました。ありがとうございました。

児童詩誌「こだま」の保坂登志子さま。長い間お世話になっております。ありがとうございます。これからもよろしくお願い致します。「こだま」はオアシスです。

裕子ちゃん　いつもお忙しいところいろいろありがとうございます。おかげでもう少しで出来上がりそうなのだ。終わったら美味しいもの食べに行こ。何処かいいお店知ってる?。

佐伯多美子

二〇一七年十一月

著者　佐伯多美子　一九四一年東京生まれ
詩集　『自転車に乗った死者』一九八八年、詩学社
『つばめ荘にて』一九九七年、七月堂（私家版）
『果て』二〇〇三年、思潮社（横浜詩人会賞）
『睡眠の軌跡』二〇〇九年、思潮社
『へびねこト餓鬼ト』二〇一三年、銅林社

花まんだら　佐伯多美子詩集
二〇一八年一月二〇日初版発行
著　者　佐伯多美子
発行者　田村雅之
発行所　砂子屋書房
東京都千代田区内神田三―四―七（〒一〇一―〇〇四七）
電話〇三―三二五六―四七〇八　振替〇〇一三〇―二―九七六三一
URL http://www.sunagoya.com
組　版　はあどわあく
印　刷　長野印刷商工株式会社
製　本　渋谷文泉閣